28 mars 1890

(N° 99)

COLLECTION DE M. GARDIEN

VUES DE PARIS

ET

DE FRANCE

MARS 1890

Mᵉ Maurice DELESTRE
COMMISSAIRE-PRISEUR,
27, rue Drouot, 27

M. DUPONT Aîné
MARCHAND D'ESTAMPES
21, rue de Seine, 21

IMPRIMERIE

D. DUMOULIN ET Cⁱᵉ, A PARIS

CATALOGUE

(N° 99)

D'UNE TRÈS BELLE COLLECTION

DE

VUES DE PARIS

ET

DE FRANCE

PIÈCES HISTORIQUES

PAR ABR. BOSSE, BOUCHARDON,

LES CAMPIONS FRÈRES, CLAUDE CHASTILLON, PRIEUR, DESCOURTIS,

ALBERT FLAMEN, GUYOT, JANINET, JOLY,

LANTARA, JEAN MAROT, MARTINET, PERELLE, J. RIGAUD, ZÉEMAN.

ŒUVRE D'ISRAEL SILVESTRE

VICTOR ADAM, BACLER-D'ALBE, ALF. DELAUNEY, LÉOP. FLAMENG,

MARLET, MARTIAL, CHARLES MÉRYON,

NARJOUX, PERNOT, RÉGNIER ET CHAMPIN, TAIÉE, ETC.

Composant la collection de M. Ch. Gardien

Ancien chef de bureau à la Banque de France.

DONT LA VENTE AUX ENCHÈRES PUBLIQUES AURA LIEU

HOTEL DES COMMISSAIRES-PRISEURS, RUE DROUOT

SALLE N° 4

Les Vendredi 28 et Samedi 29 Mars 1890, à 2 heures.

Par le ministère de Mᵉ **MAURICE DELESTRE**, Commissaire-Priseur,

rue Drouot, 27

Assisté de **M. DUPONT** aîné, marchand d'Estampes, rue de Seine, 21.

PARIS 1890

CONDITIONS DE LA VENTE

La vente se fera au comptant.

Les acquéreurs payeront *cinq pour cent* en sus des enchères, applicables aux frais.

M. Dupont, chargé de la direction de la vente, se réserve la faculté de rassembler ou de diviser les lots.

Pour la rédaction du catalogue, nous avons suivi autant que possible le classement par ordre alphabétique adopté par l'amateur.

ORDRE DES VACATIONS

1re vacation. — Vendredi 28 mars.......... Nos 1 à 212.
2e — — Samedi 29 mars.......... 213 à la fin.

DÉSIGNATION

ADAM (Victor)

1 — Voitures, in-4.   *7 – "*

> Suite de trente-six pièces (plus une planche différente portant le n° 33.)

2 — Voitures et attelages, in-fol.   *9 /6*

> Suite de trente pièces, à deux sur la feuille.

3 — Album de Sainte-Pélagie, in-4.   *12 – "*

> Suite de donze pièces; avec la couverture.

4 — Différentes vues de Paris.   *3 – "*

> Quatorze pièces.

ADRESSES

5 — Au Quart de cercle géométrique, Bion, ingénieur du roi,   *18 – "*
quay de l'Orloge.

> Très belle épreuve.

6 — Duquenne, marchand de tableaux, doreur, rue des Ca-   *8 – "*
nettes.

> Très belle épreuve, marge.

7 — A l'Image Notre-Dame, à Paris, quai des Augustins,   *8 – "*
d'après Cochin. — A l'Image Notre-Dame, Richard,
marchand quincaillier.

> Deux pièces, belles épreuves.

8 — A l'Observatoire, Chevalier, ingénieur-opticien. — Oblin,   *3 /6*
graveur du roi, quai des Orfèvres. — Letort, graveur
du roi, passage de l'Opéra.

> Trois pièces, belles épreuves.

ALLAIS et AUBERTIN

9 — Vues du Jardin des Plantes, à Paris, in-fol.

Suite de huit pièces, très belles épreuves toutes marges.

AVELINE

10 — Vue générale de Paris en 1622. — Vue et perspective du château royal de Vincennes, grand in-fol.

Deux pièces, très belles épreuves.

11 — Vue et perspective du château royal de Versailles, du côté de l'entrée. — Vue générale de la ville et du château de Versailles, grand in-fol.

Deux pièces, très belles épreuves

12 — Vues de Paris, in-fol.

Neuf pièces, belles épreuves.

BACLER-D'ALBE

13 — Promenades pittoresques et lithographiques dans Paris et ses environs, in-fol.

Suite complète de quarante-huit pièces, toutes marges. Rare.

BALLIN et TOUSSAINT

14 — Vues de Paris et de Rouen.

Quinze pièces.

BALTARD

15 — Vue de la cour du Louvre, prise pendant l'Exposition des produits de l'industrie française dans les jours complémentaires de l'an IX, in-fol.

Très belle épreuve.

16 — Paris et ses monuments.

Vingt-et-une pièces.

BEAUVERIE, DESBROSSES et GAUCHEREL

17 — Vues de Paris et des environs.

Quatorze pièces, avant et avec la lettre.

BOSSE (Abr.)

18 — La Galerie du Palais.   _   _   _   _   _   _   6 5 . "
    Très belle épreuve.

19 — L'Hôtel de Bourgogne.   _   _   _   _   _   _   _   41 "
    Très belle épreuve. Collection Hertzog.

20 — L'Infirmerie de l'hospital de la Charité de Paris. —   36 .
    Très belle épreuve.

21 — L'Ordre et disposition du Marcher de MM. les Chevalliers —   20 ..
    lorsqu'ilz furent créez à Fontainebleau, le 14 mai 1633.
    Très belle épreuve.

BOUCHARDON

22 — Etudes prises dans le bas peuple ou les Cris de Paris.   _   17 -°
    Première suite.

    Douze pièces, très belles épreuves toutes marges.

23 — Les Cris de Paris. Seconde suite.   —   _   _   _   16 -"
    Douze pièces, très belles épreuves toutes marges.

24 — Les Cris de Paris.   _   _   _   _   _   _   22 -"
    Trente-six pièces tirées de différentes suites.—Plus le frontispice de *Mes
    gens ou les commissionnaires*, d'après Aug. de Saint-Aubin.

BOUTTATS (G.)

25 — Massacre de Henry le Grand, par François Ravaillac, —   4 "
    le 14 mai 1610.
    Très belle épreuve.

BRUNET-DEBAINES

26 — Vues du château de Saint-Germain-en-Laye, et autres. —   8 --
    Dix-huit pièces.

BUHOT (Félix)

27 — La place Bréda.   _   _   _   _   _   _   36 -"
    Très belle épreuve avec des croquis dans les marges.

BUHOT (Félix)

3 .. 28 — Une Matinée d'hiver au quai de l'Hôtel-Dieu.

Très belle épreuve sur chine.

BURIN (L.)

8 .. 29 — La Maquerelle punie, avec la vue de l'Hôtel de Ville de Paris et de la place de Grève, 1756.

Très belle épreuve. Rare.

CALLOT (J.)

18 .. 30 — Vues de la Tour de Nesle et de l'hôtel de Nevers, in-fol.

Deux pièces, très belles épreuves, avec l'adresse de Gagnière, grandes marges.

5 .. 31 — Petite vue de Paris, dite le Marché d'Esclaves.

Très belle épreuve.

CAMPIONS Frères (A Paris, chez les)

550 .. 32 — Vues pittoresques des principaux édifices de Paris, 1792, in-8.

Collection de cent dix pièces rondes gravés en couleur et un frontispice, très belles épreuves. (Manque le n° 108.)

.. 33 — Doubles de la même suite.

Onze pièces, dont neuf en couleur ; plusieurs sont avec des différences.

9 .. 34 — Vue du port de Marseille, in-fol.

Très belle épreuve en couleur, marge.

95 .. 35 — Vues de Paris, ovales, in-8 et in-4.

Douze pièces, dont onze en couleur.

CHAMPIN

2 .. 36 — Le Vieux Paris des quinzième et seizième siècles, suite de quatre planches, gravées à l'eau-forte, in-fol.

Belles épreuves.

CHAPELLE

37 — Vues d'anciens monuments de Paris.

Treize pièces, très belles épreuves avant la lettre.

CHAPUY (J.-B.)

38 — Vue perspective du Champ de Mars, le jour du Serment civique prononcé par la Nation française, assemblée à Paris, le 14 juillet 1790, d'après Le Roy, in-fol.

Superbe épreuve en couleur, toute marge.

CHAPUY

39 — Plan de la Bastille, in-fol.

Très belle épreuve en couleur.

CHAPUY ET ARNOUT

40 — Paris et ses arrondissements, in-fol.

Suite de douze pièces.

CHAPUY, VILLENEUVE, ETC.

41 — Anciens monuments de Paris et de France, lithographiés.

Soixante-sept pièces.

CHASTILLON (CLAUDE)

42 — Frontispice de la *Topographie française*, avec les portraits d'Henri IV et de Louis XIII ; au-dessous la vue de Paris, par Léonard Gaultier, in-fol.

Superbe épreuve avant toutes lettres, grandes marges.

43 — Carosel fait à la place Royalle, à Paris, les V, VI, VII avril MCXII, grand in-fol.

Magnifique épreuve, petite marge. Rare.

44 — Profil de l'Esglise de la Sainte-Chapelle, dans la cour du Palais, grand in-fol.

Très belle épreuve avec les légendes explicatives, grandes marges.

CHASTILLON (Claude)

9 — " 45 — Le grand Collège roial basti à Paris du règne de Henri le Grand, 1612, in-fol.
Très belle épreuve, marge.

95 — 46 — Portrait du magnifique bastiment de la Maison de Ville. de Paris, en deux feuilles, grand in-fol.
Très belle épreuve.

45 — " 47 — Le remarquable et magnifique bastiment de Lhospital Sainct-Louis, construict du règne de Henry le Grand, en 1608, grand in-fol.
Très belle épreuve, grandes marges.

50 — 48 — Le grand et magnifique bastiment de l'hostel de Nevers représenté en sa partie d'Orient, in-fol.
Superbe épreuve.

30 — 49 — La place Dauphine construite dans la ville de Paris, durant le règne de Henri le Grand, en deux feuilles in-fol.
Très belle épreuve.

60 — " 50 — L'admirable dessein de la porte et place de France avec les rues commencée à construire ès marest du Temple, à Paris, durant le règne de Henry le Grand, l'an de grace 1610, in-fol.
Superbe épreuve, marge.

10 — " 51 — L'Hotel d'Angoulême. — L'Hotel du Maine.
Deux pièces, très belles épreuves.

70 — " 52 — Plan de la ville, cité, université et fauxbourgs de Paris. — Chateau de la Bastille. — Chasteau des Thuilleries. — Fasce du chasteau de Madrid. — Eglise des Bernardins. — Frontispice de l'église cathédrale de Nostre-Dame. — — Église Saint-Sauveur. — L'Hospital de Saint-Louis. Hospital nouvellement construit où était le chateau de Bicestre. — Le Palais, en la Cité. — Le Palais-Cardinal. — Face du derrière du Louvre. — Palais d'Orléans. — La Place Royale ; Boisseau *exc.*
Quatorze pièces.

CHASTILLON (Claude)

53 — Le Temple à Paris, bastiment ancien des Templiers. — Ruines antiques à Cluny. — Passy, petite ville et chasteau ruiné. — La ruine du chastean de Passy. — Dessein du bastiment de Grenclle près de Paris.

Cinq pièces.

54 — La petite ville de Argenteuil, près de Paris. — Le bastiment de la Tour de Beauté. — Berni, maison de plaisance bastie nouvellement.

Trois pièes.

55 — Le Chasteau de Bissètre. — Le Chasteau de Monceaux. — Le Chasteau de Rosny. — La ville et mémorable abbaye de Sainct-Denis.

Quatre pièces.

56 — Le Chasteau très ancien de Chevreuse. — Le Chasteau de Marcoussy rebâti. — Le magnifique chasteau de Meudon.

Trois pièces.

57 — La Ville et Vieux Marché de Meaulx, in-fol. en largeur.

Très belle épreuve.

58 — La petite et antique abbaye de Chelles. — Chateau de Fresne. — Melun, ville antique.

Trois pièces.

59 — La Ville et Chasteau de Houdan. — Le Chasteau de Houdan, en la partie méridionale. — La petite Ville de Mantes. — Poissy, deux vues différentes.

Cinq pièces.

60 — La Ville de Beauvais. — La Ville et Chasteau de Clermont en Beauvoisis. — Clermont, du coté du Septentrion. — Compiègne. — Senlis. — Le Chateau de la Court Senlis.

Six pièces.

CHASTILLON (Claude)

2 - " **61** — Le Chasteau de Pacy, près la ville de Mantes. — La
Ville de Mortaigne.

Deux pièces.

6 - " **62** — La Petite ville de Montereau-Faut-Yonne. — L'Ancien
Pont et Château de Montereau. — L'ancienne Tour et
Donjon de Montereau.

Trois pièces

2 " **63** — Le Bourg et Chasteau de Montmélian. — Le Siège de
la ville et citadelle de Montmélian en Savoie, fait par le
roi de France en 1600.

Deux pièces.

50 .. **64** — Chateaux d'Anet, Folembray, Gaillon, Saint-Germain-
en-Laye, Valery et Villers-Cotterets; F. L. Ciartres, *exc.*

Six pièces, toutes marges.

CHAUFOURIER

3 . **65** — Histoire de l'abbaye de Saint-Germain-des-Prés par
Dom Jacques Bouillard, 1724, in-fol.

Collection de vingt-cinq planches, belles épreuves.

16 **66** — Entrée de Paris, faubourg Saint-Honoré en 1765. —
Entrée de Paris, par le faubourg Saint-Marcel. — Le
Dosme du Val de Grâce et l'Observatoire de Paris.

Trois pièces, très belles épreuves.

CHAUVET el CHAMPOLLION

11 - **67** — Le Vieux Paris, ses derniers vestiges.

Vingt-trois pièces, avec la couverture.

CHÉREAU (A Paris, chez), etc.

7 - **68** — Recueil des plus beaux édifices anciens et modernes,
in-fol.

Soixante-dix pièces.

CHEVOTET (J.-M.)

69 — Vues et plans de monuments de Paris, in-fol. — · — *8 - ·*

Collection de trente-six planches.

COCHIN ET DELLA-BELLA

70 — Plan du Louvre du coté des Tuileries. — Boutiques du — *12 - ·*
Pont-Neuf. — La place Royale. — La place Dauphine.

Six pièces, belles épreuves.

DAUMONT (A Paris, chez)

71 — Les Boulevards de Paris, pris de la rue des Filles-du- — *4 - fo*
Calvaire, en face de Belleville, in-fol.

Belle épreuve.

DE BOISSIEU

72 — Entrée de la forêt de Fontainebleau sur la route de — *2 - fo*
Lyon. — Vue du grand chemin de Fontainebleau à
Bouron. — Vue du chateau de Madrid. — Vue de Champ-
verd, près de Lyon.

Quatre pièces, très belles épreuves.

DEBUCOURT

73 — Route de Saint-Cloud, d'après Carle Vernet. — - *13 - ·*

Belle épreuve, coloriée.

74 — La Promenade publique; réduction petit in-fol. — *5 - fo*

Belle épreuve avant toutes lettres en couleur.

DECLOUX ET DOURY

75 — La Sainte-Chapelle du Palais, in-fol. _ _ _ — *4 - ·*

Collection de vingt-cinq pièces dont vingt imprimées en couleur.

DEFER (Chez P.)

76 — Vues et plans de l'Église et de l'Hotel des Invalides, — *1 - fo*
in-fol.

Onze pièces.

DE LAUNAY (N.)

6 — 77 — Expérience faite à Versailles en présence de leurs Majestés, par M. Montgolfier le 19 septembre 1783. — Second voyage aérien; expérience faite par MM. Charles et Robert dans le jardin des Tuileries, le 1ᵉʳ Décembre 1783. — Troisième voyage aérien; expérience faite à Lyon, le 19 Janvier 1784, sous la direction de M. Joseph Montgolfier. — Machine aérostatique qui s'est élevée à Paris avec deux hommes le 19 octobre 1783.

Quatre pièces, très belles épreuves.

DELAUNEY (Alf.)

17 — 78 — Eaux-fortes sur le vieux Paris, in-fol.

Suite de vingt-et-une pièces, la plupart avant la lettre.

18 — 79 — Dessins anciens sur le vieux Paris, de la collection de M. Destailleur, architecte.

Suite de vingt-cinq pièces, avec la couverture.

54 — 80 — Paris pittoresque.

Suite complète ée soixante-douze pièces et la table.

2 50 — 81 — Vues de Paris et de France.

Quinze pièces avant et avec la lettre.

DESCOURTIS

16 — 82 — Vue des Tuileries du coté du Chateau. — Vue des Tuileries du coté du Pont-Tournant, d'après de Machy.

Deux pièces, belles épreuves en couleur, sans marge.

DESSINS

16 — 83 — Vue de l'École de Médecine. — Amphithéatre du jardin du Roi à Paris, par Nicolle.

Deux très jolis dessins à l'aquarelle.

48 — 84 — Plan et élévation géométral de la porte d'entrée de l'Hotel royal des Invalides, in-fol.

Très joli dessin à la sépia, non signé.

DESSINS

85 — Vues de l'Entrée du Port du Havre, avec la Tour François Ier, in-fol.

Deux très beaux dessins à la sépia, non signés.

86 — Vue du port de Bordeaux. — Quai de Bercy pendant l'inondation de 1861, par Justin Ouvrié. — Taille des arbrisseaux du jardin des Tuileries.

Trois dessins à la mine de plomb et à la sanguine.

DIVERS

87 — Le Massacre de l'amiral Coligny. — Procession de la fameuse Ligue contre Henri IV, en 1593.

Deux pièces, belles épreuves.

88 — Profils de Paris, anciens.

Six pièces.

89 — Rue Quincampoix, en l'année 1720. — Autre vue, publiée en Hollande.

Deux pièces.

90 — Le Bal des Porcherons, sous le Directoire, in-fol.

Belle épreuve. Rare.

91 — Le Cabaret de Ramponaux, in-fol.

Très belle épreuve. -- Plus une copie.

92 — Théatre de la foire Saint-Laurent, d'après la Gouache de Taunay, in-fol.

Epreuve avant toutes lettres en couleur.

93 — Façade du Champ-de-Mars, le 1er vendémiaire an 7. — Courses au matin du 1er vendémiaire an 7, in-fol. en largeur.

Deux pièces.

94 — Fête du 14 juillet an IX, deux pièces sur la même feuille.

Belle épreuve coloriée.

DIVERS

10 —" 95 — Café du jardin des Tuileries. — Les Musards de la rue du Coq. — Le Trente-un ou la Maison de Prêt sur nantissement. — La Vaccine en voyage, in-4°.

Quatre pièces coloriées.

51 —" 96 — Petites Vues de Paris, in-8° coloriées.

Suite de trente-cinq pièces, dont plusieurs à deux sur la feuille. Très rares (manquent les nᵒˢ 25, 26, 29 et 32.)

66 — 97 — Jardin de Paphos sur le boulevart du Temple. — Fontaines de Paris. — La Statue de Louis XIV renversée, etc.

Dix-huit pièces coloriées.

18 —" 98 — Les Galeries de bois, dites Galeries des Tartares, au Palais-Royal, lithographie sans noms d'artistes, in-fol.

Très belle épreuve. Rare.

6 —" 99 — Étalage de Gihaut, marchand d'estampes, boulevart des Italiens, par Charlet. — Imprimerie lithographique de Delpech, d'après Carle Vernet. — Le Thermomètre, d'après Decamps. — Les Messageries Lafitte et Caillard. — Une Voiture de Saint-Germain. — La petite Provence, d'après Leleux. — Un bal à la Chaussée d'Antin, par Gavarni. — Café de la Banque de France, par Schaal.

Huit pièces.

6 — 100 — Portrait de Béranger, par Cousin, en-tête des *Chansons*, édition Perrotin, 1833, in-12.

Epreuve d'artiste, avec dédicace signée, grandes marges.

DUCERCEAU ᴇᴛ Eᴅᴍᴇ **MOREAU**

10 — 101 — Portail de Notre-Dame de Rheims. — Le Pourtraict de la ville, cité et université de Rheims.

Deux pièces, belles épreuves. Rares.

FLAMEN (ALBERT)

102 — Frontispices : Paysages dessinés après le naturel aux environs de Paris. — Vue de divers paysages au naturel d'alentour de Paris.

Deux pièces, très belles épreuves.

103 — Vue du fauxbourg et église de Sainct-Victor. — Vue du Campement de l'armée de son Altesse Royale au bout du fauxbourg Sainct-Victor, du côté du marché aux chevaux.

Deux piècees, très belles épreuves.

104 — Disposition de la Milice de Paris lorsqu'elle parut devant Leurs Majestés entre le bois de Vincennes et ladite ville, le 23 du mois d'août 1660, in-fol.

Très belle épreuve.

105 — Vue d'Alfort de dessus le pont de Charenton. — Paysage vu de dessous les arcades de l'aqueduc d'Arcueil.— Vue de Bagneux, du côté de Fontenay-aux-Roses.— Vue du Bourg-la-Reine. — Vue de Charentonneau, du côté de Charenton-Saint-Maurice. — Le village de Chastillon. — Vue de Conflans, du côté d'Ivry. — Vue du Port-à-l'Anglais, du côté de Charenton.

Huit pièces.

106 — Ruines de la vieille église de Vaugirard. — Gentilly, vu du chemin haut qui vient du faubourg Saint-Marceau. — Partie du village de Gentilly. — Vue des arcades de Gentilly. — Vue de la maison de M. de Chateauneuf, au village de Montrouge. — Vue du parterre de la maison de M. de Sève, à Issy. — Vue de l'abbaye de Longchamp, à Suresne.

Six pièces, belles épreuves.

107 — Vue de la ville de Corbeil, du côté de la Maladrerie.— Le viel Château et partie du pont de Corbeil. — Vue du fauxbourg Saint-Léonard, à Corbeil.— Vue de Saint-Germain-le-Vieil-Corbeil. — Vue de Saint-Germain et Corbeil, de dessus la rivière.

Cinq pièces, très belles épreuves.

FLAMEN (Albert)

95- **108** — Vue des moulins à poudre d'Essonne et de la commanderie de Saint-Jean-en-l'Ile. — Vue du château et village d'Estiolle. — Vue de la maison de M. Le Vasseur et village d'Estiolle. — Le Château de Peray, à M. Tronson, vu du côté du jardin. — Le Chasteau de Peray, du côté de Fresne. — Vue du Peray, du costé de Corbeil.— Vue de Soisy. — Vue du chasteau de Senemon, dit Petit-Bourg.

Huit pièces, très belles épreuves.

40 **109** — Vues et paysages du chasteau de Longuetoise et des environs, dédiés à M. de Sève, abbé de l'Isle.

Suite de douze pièces, dont plusieurs au 1er état.

8 **110** — Vues des environs de Longuetoise, d'après les dessins d'Albert Flamen.

Vingt pièces sur papier du Japon.

20- **111** — Vue du chasteau de Marcoussy, appartenant à M. d'Entragues-Chantemesle. — Vue de Marcoussy, du côté de Montlhéry.

Deux pièces, très belles épreuves.

1- **112** — Le Chemin de la lisière du bois, 1er état. — L'Homme suivi d'un chien ; 1er état.

Deux pièces, avec marge.

FLAMENG (Léopold)

9- **113** — Paris qui s'en va et Paris qui s'en vient.

Suite de trente pièces, très belles épreuves, la plupart sur chine.

FROSNE (J.) et Séb. LECLERC

11- **114** — Vue de l'Hôtel de Ville de Paris.— Statue de Louis XIV, 1653. — Médailles de Louis XIV, avec vue de Paris. In-fol.

Trois pièces, très belles épreuves.

GAITTE

115 — Monuments de Paris, in-fol.   *6 . fo*

Suite de quinze pièces à plusieurs sujets sur la feuille, très belles épreuves, grandes marges.

GANTREL (ÉT.)

116 — Représentation de l'appareil que les Pères Jésuites du collège de Louis-le-Grand ont fait, dans la cour des classes, pour l'heureuse naissance de M. le duc de Bourgogne, les 24, 25 et 26 août 1682, in-fol.   *6 fo*

Très belle épreuve.

GAULTIER (LÉONARD)

117 — Vue de Paris en 1607, in-4.   *7*

Très belle épreuve.

GAUTIER (LUCIEN)

118 — L'Abside de Notre-Dame de Paris, grand in-fol.   *5*

Très belle épreuve.

119 — Vues de Paris.   *16*

Quatorze pièces, belles épreuves.

GUÉRARD (H.)

120 — Souterrain de l'Hôtel-Dieu, à Paris. — Au Jardin des Plantes.   *11*

Deux pièces, épreuves du 1er état.

GUÉROULT DU PAS

121 — Château de Bercy. — Vue de Charenton. — Vue de Conflans. — Château d'Issy. — Vue du château de Meudon. — Château de Montfermeil. — Le Château et l'abbaye de Saint-Maur, in-fol.   *35*

Sept pièces, très belles épreuves.

GUÉROULT DU PAS

11. , 122 — Vue de l'aqueduc d'Arcueil, près Paris. — Vue de l'hopital de Bicestre. — Vue du chateau de Cachan. — Vue de la maison de Mgr le prince de Conty, à Issy, in-fol.

Quatre pièces, très belles épreuves.

GUILLAUMOT (A.)

4 « 123 — Portes de l'enceinte de Paris sous Charles V, in-fol.

Vingt pièces.

4 « 124 — Vues de l'ancien Paris. — Vues des environs de Paris.

Dix-sept pièces, la plupart avant la lettre.

GUYOT

23-4 125 — Démolition de la Bastille. — Vue prise du second pont-levis de la Bastille, in-4.

Deux pièces, très belles épreuves en couleur.

HERVIER

16-« 126 — Ancien marché au beurre, à Paris. — Ancien marché aux œufs. — Marché au cresson. — Marché pouilleux, rue de Sèvres.

Quatre petites pièces, gravées à l'eau-forte.

HUMBLOT (A.)

1 . fo 127 — Hôtel de Soissons, établi pour le commerce du papier, en 1720.

Belle épreuve.

ISABEY

6 - « 128 — Le petit Coblentz, par Loiselet, in-fol.

Belle épreuve, coloriée.

JACQUEMART (J.)

12 -« 129 — Le Cabinet des médailles.

Epreuve avant la lettre.

JANINET

130 — Vues de monuments de Paris, in-fol., ovales. *1.35 »*

Trente-deux pièces, très belles épreuves en couleur, la plupart à grandes marges.

131 — Vues de monuments de Paris, in-fol., carrées. *43 »*

Dix pièces en couleur.

132 — Vues de Paris, rondes, in-8. *48 »*

Trente et une pièces en couleur, marge.

JANINET et CHAPUY

133 — Vues de Paris, in-fol. *4 »*

Quinze pièces, en noir.

JOLY

134 — Arts, métiers et Cris de Paris, in-8. *78 »*

Collection de soixante pièces, très belles épreuves coloriées.

LA GARDETTE (P. DE)

135 — Bibliothèque de l'ancienne abbaye de Sainte-Gene- *5 »*
viève, in-fol.

Très belle épreuve. Rare.

LAGNIET (J.)

136 — Plan de la Ville, cité et Université et fauxbourgs de *33 »*
Paris, avec les portraits des rois de France autour,
grand in-fol.

Très belle épreuve.

LALANNE (MAX.)

137 — Vues de Paris et des environs. *16 »*

Quinze pièces, dont plusieurs avant la lettre.

LANTARA

138 — Premier Livre de vues des environs de Paris, par *11 »*
J.-P. Le Bas.

Cahier de douze feuilles et un frontispice, belles épreuves.

LANTARA

16 - , **139** — Vues de Paris et des environs.

Seize pièces et un frontispice.

LAURENCE ET Léon JACQUE

4 - fo **140** — Vues de Paris et des environs.

Dix-sept pièces, la plupart avant la lettre.

LE BEL (À Paris, chez)

9 - , **141** — Vue de la nouvelle décoration de la foire Saint-Germain. — Vue de l'incendie de la foire Saint-Germain, à Paris, arrivé la nuit du 16 au 17 mars 1762, in-fol.

Deux pièces coloriées.

LE CLERC (Séb.)

4 - fo **142** — La Galerie de l'hôtel royal des Gobelins. — La grande Cour de l'hostel royal des Gobelins où les habiles hommes qui y sont établis font élever un mai à M. Le Brun, premier peintre du roi.

Deux pièces très belles épreuves.

10 - , **143** — Vues de plusieurs petits endroits des fauxbourgs de Paris. — Vues du temple de Charenton.

Onze pièces.

LE CŒUR (A Paris, chez)

7 - , **144** — Entrée de Sa Majesté Louis XVIII à Paris, le 3 mai 1814, in-fol.

Belle épreuve coloriée, marge.

LEGRAND (L.)

6 - fo **145** — Vue de l'Hôtel de Ville de Paris, par l'hôtel des Ursins, d'après Raguenot, in-fol.

Belle épreuve, toutes marges.

LE MIRE (N.) ᴇᴛ **BAQUOY**

146 — Statues de Louis XV à Bordeaux, Nancy, Reims, Rouen et Valenciennes, in-fol.

    Cinq pièces, belles épreuves, toutes marges.

LE PAON

147 — Revue de la maison du roi au Trou-d'Enfer, par Le Bas, grand in-fol.

    Très belle épreuve, toutes marges.

LEU (Tʜᴏᴍᴀs ᴅᴇ)

148 — Frontispice avec une vue de Paris, in-fol.

    Très belle épreuve.

LŒILLOT

149 — Voitures, in-4.

    Suite de seize pièces (manquent les nᵒˢ 9 et 11).

MARLET

150 — Tableaux de Paris. Suite complète de soixante-douze pièces lithographiées.

    Belles épreuves, avec la couverture. — Plus cinq pièces pouvant être ajoutées à cette collection.

MAROT (Jᴇᴀɴ)

151 — Amphithéâtre de la place Dauphine. — Arc de triomphe dressé dans le Marché Neuf. — Haut Dais du Throsne royal. — L'Hostel de Beauvais. — Le *Te Deum* chanté dans Notre-Dame. — Le Pont Notre-Dame réparé et enrichi de nouveaux ornements. — Porte de la ville du costé de Saint-Antoine. — Entrée du Pont dormant de la Porte Saint-Antoine. — Arc de pierre sur le pont dormant de la Porte Saint-Antoine. — Premier arc de triomphe à l'entrée du faubourg Saint-Antoine, in-fol.

    Dix pièces, très belles épreuves.

MAROT (Jean)

152 — L'Architecture française ou Recueil des églises, palais, hôtels et maisons particulières de Paris et des châteaux et maisons de plaisance des environs. A Paris, chez Jean Mariette, 1727, in-fol.

Un volume dérelié contenant cent quatre-vingt-deux pièces.

MARTIAL (R.)

153 — Vues de la Butte des Moulins avant et pendant les démolitions pour le percement de l'avenue de l'Opéra, in-fol.

Suite de vingt et une pièces.

154 — Paris pendant le siège.

Suite de douze pièces.

155 — Paris sous la Commune.

Suite de douze pièces et un frontispice.

156 — Paris incendié.

Suite de douze pièces, avec la couverture.

157 — Paris intime.

Trente-sept pièces.

158 — Le vieux Paris.

Trois cents pièces.

159 — L'Exposition universelle à Paris en 1878, in-8.

Suite de quarante-huit pièces sur chine volant.

160 — Annuaire des Beaux-Arts. — Les Boulevarts de Paris, in-4.

Quarante pièces.

161 — Vues de Paris tirées de différentes suites.

Dix-huit pièces.

MARTINET (F.)

162 — Plan, coupe et élévation perspective de la nouvelle église Sainte-Geneviève.

Quatre petites pièces rondes avec encadrement orné, très belles épreuves.

163 — Vues des monuments de Paris, in-12.

Quatre-vingt-treize pièces, la plupart à deux sur la feuille.

MARTINET (A Paris, chez)

164 — Montagnes russes, barrière du Roule, in-fol.

Très belle épreuve coloriée, toute marge.

MARTINI

165 — Coup d'œil exact de l'arrangement des peintures au Salon du Louvre, en 1785.

Très belle épreuves.

166 — Exposition au Salon du Louvre, en 1787.

Belle épreuve.

MÉRIAN

167 — Profils de la ville de Paris, 1620 et 1654, en deux feuilles, in-fol.

Deux pièces, très belles épreuves.

168 — Plans cavaliers de Paris, 1620 et 1654, in-fol.

Deux pièces.

169 — Plan, vue et profils de la ville de Lyon.

Six vues sur quatre feuilles, très belles épreuves.

170 — Vue de Rouen, en deux feuilles in-fol.

Très belle épreuve.

171 — Vues du château d'Anet, Fontainebleau, le mont Valérien, Saint-Germain-en-Laye.

Quatre pièces.

MÉRYON (Charles)

172 — Son portrait par Bracquemond, in-4.

Belle épreuve avant l'adresse de l'imprimeur, toute marge.

173 — Couverture : Eaux-fortes sur Paris.

Epreuve sur papier bleu.

174 — Armes de la ville de Paris.

Très belle épreuve du 1er état.

175 — Adresse de Rochoux.

Très belle épreuve en rouge et noir.

176 — Abside de Notre-Dame de Paris.

Belle épreuve du 3e état, tirée sur papier ancien.

177 — L'arche du pont Notre-Dame.

Epreuve du 2e état, remargée.

178 — Bain froid Chevrier.

Très belle épreuve.

179 — Partie de la cité de Paris vers la fin du dix-septième siècle.

Epreuve du 4e état.

180 — La Galerie Notre-Dame.

Belle épreuve du 3e état.

181 — Ministère de la Marine.

Belle épreuve.

182 — La Morgue.

Epreuve du 4e état.

183 — Ancienne porte du Palais de Justice.

Très belle épreuve.

184 — La Salle des Pas-Perdus au Palais de Justice, d'après Ducerceau.

Très belle épreuve du 2e état. Rare.

MÉRYON (CHARLES)

185 — La Petite Pompe.   *7 "*
   Très belle épreuve.

186 — Le Pont au Change.   *49 "*
   Belle épreuve du 3e état.

187 — Le Pont au Change vers 1784, d'après un dessin de *35 "*
   Nicolle.
   Très belle épreuve.

188 — Le Pont-Neuf et la Samaritaine, d'après le dessin de *29 "*
   Nicolle.
   Très belle épreuve.

189 — Rue des Chantres.   *21 "*
   Belle épreuve.

190 — La rue des Mauvais-Garçons.   *40 "*
   Très belle épreuve du 2e état, grandes marges.

191 — Rue Pirouette, aux Halles.   *5 "*
   Epreuve du 2e état, sur chine.

192 — Saint-Étienne-du-Mont.   *26 "*
   Epreuve du 3e état.

193 — Le Stryge.   *23 "*
   Très belle épreuve du 2e état.

194 — Tombeau de Molière.   *15 "*
   Très belle épreuve.

195 — Le Grand Châtelet. — Le Pont-Neuf.   *15 "*
   Deux pièces, belles épreuves.

196 — Tourelle rue de l'École-de-Médecine. — Tourelle rue *18 "*
   de la Tixeranderie.
   Deux pièces.

MÉRYON (Charles)

15 - „ 197 — Le Petit Pont. — La Pompe Notre-Dame. — La Tour
de l'Horloge.
Trois pièces, belles épreuves sur chine.

9 - „ 198 — Le Collège Henri IV. — Vue de l'ancien Louvre du
côté de la Seine. — Passerelle du Pont au Change après
l'incendie de 1621. — Bain froid Chevrier.
Quatre pièces.

28 - „ 199 — Vue du Pavillon de Mademoiselle et d'une partie du
Louvre. — La rivière de Seine et l'angle du Mail. —
Entrée du faubourg Saint-Marceau, d'après Zéeman.
Trois pièces, belles épreuves.

MILLIN

25 - 200 — Antiquités nationales, 1790-1798, in-4.
Deux cent six pièces.

MONDHARE (A Paris, chez)

28 -„ 201 — Moulin des Prés, entre le petit et le grand Gentilly.
Deux pièces, dont une coloriée.

MOREAU LE JEUNE

1 / 0 202 — Place de Louis XV, par Tilliard. — Cathédrale d'Orléans.
Deux pièces, belles épreuves.

8 - „ 203 — Seconds voyageurs aériens ou expérience de MM. Robert et Charles faite à Paris dans le parterre du Jardin
royal des Thuileries, le 1er décembre 1783, in-4°.
Très belle épreuve.

NARJOUX (Félix)

50 - 204 — Monuments élevés par la Ville de Paris de 1850 à 1880,
publiés par Morel et Cⁱᵉ, in-fol.
Trois cents pièces.

NÉE et DE MONCHY

205 — Vue de l'abbaye de Saint-Denis. — Vue du château de
Madrid. — Château de Meudon. — Vue du cimetière des
Innocents. — Vue du Mont Valérien. — Vue du village
de Suresnes. — Vue du séminaire de Beauvais.

Sept pièces; belles épreuves.

NICOLLE et J. ADELINE

206 — Vues de Rouen, in-fol.

Huit pièces, dont cinq avant la lettre.

NIEL (Gabr.)

207 — Restes gothiques de l'Hôtel-Dieu de Paris, in-fol.

Très belle épreuve avant la lettre.

208 — Les cagnards de l'Hôtel-Dieu. — L'Hôtel Colbert. —
Cour Charlemagne. — Vue de l'Hôtel Lambert. — Ruines
de l'Hôtel de Bretonvilliers, etc.

Huit pièces, la plupart avant la lettre.

OZANNE (J.-Fr.

209 — Vues de Paris, in-4°.

Six pièces, très belles épreuves.

PALAISEAU

210 — Anciennes barrières de Paris, 1819, in fol.

Suite de quarante-huit pièces, gravées à l'eau forte, toutes marges.

PEQUÉGNOT

211 — Vues des bords de la Bièvre et autres.

Vingt-et-une pièces, la plupart avant la lettre.

PERELLE

212 — Vues des châteaux, places, portes, fontaines, églises et
maisons de Paris, in-fol.

Quatre-vingt-deux pièces, très belles épreuves, la plupart avec l'adresse
de Langlois grandes marges.

PERELLE

213 — Vues du château et des jardins de Chantilly, in-4°.
Dix-sept pièces, très belles épreuves.

214 — Vues de Chantilly, in-fol.
Douze pièces. — Ces vues ainsi que les suivantes sont pour la plupart avec l'adresse de Langlois, et à grandes marges.

215 — Vues du palais de Fontainebleau.
Sept pièces.

216 — Vues du château de Marly.
Six pièces.

217 — Vues du château de Meudon.
Quatre pièces.

218 — Vues du château et du parc de Saint-Cloud.
Six pièces.

219 — Vues du château de Saint-Germain-en-Laye.
Sept pièces.

220 — Vues du château et du parc de Versailles.
Treize pièces.

221 — Vues des châteaux de Chaville, Chilly, Clagny, Conflans, Liencourt, Maisons, Monceaux, Le Raincy, Sceaux Vaux-le-Vicomte, Vincennes.
Vingt-trois pièces.

PERNOT

222 — Le vieux Paris, lithographies in-fol.
Suite complète de quatre-vingt pièces, dont plusieurs à deux sur la feuille. Rare.

PIGOUT (Chez Robert)

223 — Perspective de la place des Terreaux où est représentée la face de la Maison de Ville de Lyon, in-fol.
Belle épreuve. Rare.

PLANS DE PARIS

224 — Plans de Lutèce avec ses agrandissements, par N. Defer, — *10 —*
1703, tirés du *Traité de la Police.*

Suite de huit pièces collées sur toile.

225 — Plan de Paris sous Charles IX, gravé par Dheulland. — *9 —*
— Paris de 1512 à 1547, fac-similé d'après le plan dit de
Tapisserie.

Deux pièces collées sur toile.

226 — Plan de Paris, dit plan allemand, 1572; publié par — *4 —*
Blaeu, in-fol.

Belle épreuve, collée sur toile.

227 — Paris, ses faubourgs et ses environs, par le S. Roussel, — *12 —*
ingénieur, 1740.

Très bel exemplaire colorié et collé sur toile.

228 — Plan routier de la Ville et faubourgs de Paris, 1774, —
chez Lattré.

Epreuve coloriée, collée sur toile.

229 — Nouveau plan routier de la ville et des faubourgs de — *4 —*
Paris, chez Esnault et Rapilly, 1786.

Une pièce collée sur toile.

230 — Plan de la ville et faubourgs de Paris, chez Mondhare, — *7 —*
1788.

Epreuve coloriée, collée sur toile.

231 — Plan de la ville et des faubourgs de Paris, divisé en — *2 —*
douze mairies, 1801. — Carte des environs de Paris, par
Poirson, géographe, 1811.

Deux pièces collées sur toile.

232 — Plans, de Paris 1812, 1815, 1820, 1844, 1849 et 1856. — *7 —*

Huit pièces collées sur toile.

POISSON ET BOUTROIS

233 — La foire Saint-Ovide, telle qu'elle a été décorée dans la place Vendôme au mois de septembre 1763.

Très belle épreuve, marge.

PRIEUR

234 — Tableaux de la Révolution française, in-fol.

Quarante-deux pièces, très belles épreuves.

RANSONNETTE

235 — Vues de Paris et de France.

Dix-sept pièces.

RÉGNIER ET CHAMPIN

236 — Paris historique, lithogr. in-8.

Cent quatre-vingt-trois pièces.

RIGAUD (J.)

237 — Vues de Paris et des environs.

Vingt-huit pièces, belles épreuves.

ROCHEBRUNE (DE)

238 — Vues de Nantes, Châteaudun, Le Fougeroux et Nîmes.

Cinq pièces, dont trois sur japon.

SAFFREY

239 — Vues de Paris et des environs, in-fol.

Treize pièces, dont plusieurs avant la lettre.

SALATHÉ

240 — Album du Nouveau Bellevue, in-fol.

Suite de six pièces sur chine et un frontispice.

SCHMIT (J.-P.)

241 — Histoire du Palais de Justice, de la Conciergerie et de la Sainte-Chapelle de Paris, in-fol.

Dix-huit pièces sur chine, avec la couverture.

SILVESTRE (Israel)

242 — Son portrait par G. Edelinck, in-fol.

Epreuve avec la vue de Paris, grandes marges.

243 — Frontispice : Vues et perspectives nouvelles tirées sur les plus beaux lieux de Paris et des environs.

Deux pièces, dont une du 1er état avant le bas-relief et l'adresse d'Israël.

Nota. *Toutes les pièces de l'œuvre de Silvestre sont en très belles épreuves et un assez grand nombre proviennent des collections Laluyé, Ed. Meaume, Sirodot et Soleil.*

244 — Frontispices : Vue de Paris prise de la Pointe de l'Ile Saint-Louis, avec le cartouche en blanc. — Titre avec dédicace à Mme la duchesse d'Aiguillon. — Divers paysages faits sur le naturel, 1650 ; deux titres différents avec portiques, 1er état.

Quatre pièces.

245 — Frontispices : Les lieux les plus remarquables de Paris et des environs, dédié à Mgr Louis de Buade, seigneur de Frontenac. — Divers paysages sur le naturel du duché de Bourgogne, 1650, 1er état. — Livre de diverses vues, perspectives et paysages faits au naturel.

Trois pièces. — Plus un frontispice avec le portrait de La Belle, dessinant. Au fond, la vue du Louvre.

246 — Frontispice avec la Vue de la Galerie du Louvre, 1654. — Autre, avec la Fontaine des Innocents et autres monuments, 1650. — Frontispice dédié à Mgr le duc d'Enghien. — Trois autres frontispices avec Portiques, datés 1649, 1650 et 1651.

Six pièces.

SILVESTRE (Israel)

145 - « **247** — Décorations et machines apprêtées aux *Noces de Tétis,* ballet royal représenté en la salle du Petit-Bourbon ; au milieu : la vue du Pont-Neuf, in-fol. — Reliquaire des dévotions et généalogies qui sont représentées dans les trois Chapelles que Messire Charles, marquis et comte de Rostaing, a fait faire dans Paris, in-fol.

Deux pièces. Rares.

15 - « **248** — **Vues de Paris.** — Profil de la Ville de Paris, in-fol., avec seize vers au-dessous.

Epreuve avec marge.

16 - « **249** — Profil de la Ville de Paris, en deux feuilles, grand in-fol.

Epreuve avec une petite marge.

14 - « **250** — Vue de l'Archevêché de Paris et du Pont de la Tournelle. — Autre vue de l'archevêché avec l'abside de Notre Dame.

Deux pièces, grandes marges.

14 - « **251** — Vue de l'Arsenal, avec quatre vers au-dessous. — Vue de l'Arsenal de Paris et du Mail. — Vue du Mail et de la campagne circonvoisine, in-fol.

Trois pièces.

18 - « **252** — Château de la Bastille, du côté de la rue Saint-Antoine. — Le Chasteau de la Bastille hors la Porte Saint-Antoine. — Petite vue de la Bastille. — Vue de la Bastille, avec quatre vers au-dessous. — Vue de la rue Saint-Antoine et du Couvent des filles Sainte-Marie.

Cinq pièces.

10 - « **253** — Le grand Chatelet de Paris.

Epreuve, avec de grandes marges.

2 - fo **254** — Vue du Collège des Quatre-Nations, grand in-fol.

Epreuve, toutes marges.

SILVESTRE (Israël)

255 — Vue du grand Couvent des Augustins qui regarde l'Isle
du Palais. — Autre vue de l'Eglise des Grands-Augus-
tins.—Les Petits-Augustins du fauxbourg Saint-Germain.
    Trois pièces.

256 — Vue de l'Eglise des Bernardins à Paris. — Vue de
l'Eglise des Bonshommes près de Paris. — Le Coin des
Bonshommes. — Autre vue de l'Eglise des Bonshommes
avec quatre vers au-dessous.
    Quatre pièces.

257 — Vue d'une partie de l'Eglise des Carmes déchaussés et
de la grande galerie du Louvre. — Vue de l'Eglise des
Carmélites du faubourg Saint-Antoine. — Vue de l'Eglise
des Filles du Mont-Calvaire au Marais du Temple.
    Trois pièces.

258 — Les Feuillants, 1er état. — Le Couvent des Feuillants
dans la rue Saint-Honoré.
    Deux pièces.

259 — Les Filles de l'Annonciade, près la Porte Saint-Jacques.
— Vue de l'Eglise des Filles Sainte-Marie, rue Saint-
Antoine.
    Deux petites pièces.

260 — L'Eglise Noviciale des Jésuites du faubourg Saint-Germain, 1er état. — Le Noviciat des Jésuites, nouvellement
basti.
    Trois pièces, grandes marges.

261 — Vue des Martyrs de Montmartre proche Paris.— Eglise
de la Mercy, devant l'hostel de Guise. — Eglise des
Quinze-Vingts.
    Trois petites pièces.

262 — Vue de la principale entrée de l'Eglise de Nostre-Dame
de Paris. — Perspective de l'Eglise de Nostre-Dame vue
de la Place de Grève. — L'Eglise Nostre-Dame, vue du
quay de la Tournelle.
    Trois pièces.

SILVESTRE (Israël)

263 — Vue de la Saincte-Chapelle et de la Chambre des Comptes de Paris. — Vue de l'Eglise Saint-Denis de la Chastre.
Deux pièces.

264 — Vue de l'Eglise Sainte-Elisabeth, près le Temple. — L'Eglise et Couvent des Filles Sainte-Elisabeth, nouvellement bâtie. — Les Eglises Saint-Etienne et Sainte-Geneviève. — Eglise Saint-Eustache.
Quatre pièces.

265 — Eglise de Saint-Germain, dit de l'Auxerrois. — Eglise royale, collégiale et paroissiale de Saint-Germain l'Auxerrois.
Deux pièces, marge.

266 — Vue de l'Abbaye Sainct-Germain des Prés, lez Paris. — Maison abbatiale de Sainct-Germain des Prés.
Deux pièces, grandes marges.

267 — Eglise Saint-Gervais. — Vue de l'Eglise et Cimetière des Saincts-Innocents. — Vue de l'Eglise Saint-Laurent au faubourg de Paris. — Vue et perspective de l'Eglise Saint-Martin des Champs.
Quatre pièces.

268 — Vue de l'Eglise Saint-Sauveur, rue Saint-Denis. — Saint-Sulpice. — Autre vue de l'Eglise Saint-Sulpice. — Vue de l'Eglise de Saint-Victor.
Quatre pièces.

269 — Le grand portail et Eglise de Sorbonne. — Deux vues différentes de la Chapelle et Maison de Sorbonne.
Trois pièces.

270 — Vue de l'Eglise du Temple à Paris. — Vue et perspective de l'Eglise et de la Cour du Temple. — Vue de la Maison et Jardin de M. le grand Prieur du Temple. — Vue du Jardin du Grand Prieur du Temple.
Quatre pièces.

SILVESTRE (ISRAEL)

271 — Vue du Monastère royal du Val de Grâce, in-fol.   2 .. »
     Epreuve avec très peu de marge.

272 — Vue de la fontaine des Saints-Innocents. — Vue de la   32 .. »
     Fontaine Saint-Victor à Paris, frontispice des *Diverses*
     vues de Ports de mer, 1er et 2° état.
     Trois pièces.

273 — Vue de l'Hospital de Saint-Louis, basti hors la Porte   5 .. »
     du Temple. — Vue de l'Hôtel-Dieu de Paris.
     Deux pièces.

274 — L'Hostel d'Angoulesme du côté du Jardin. — Vue de   6 .. »
     l'hostel de M. le Maréchal d'Aumont, côté du jardin. —
     Hostel de M. le commandeur de Jarre.
     Trois pièces.

275 — Vue de l'Hostel de Liencourt à Paris. — L'Hostel de   6 .. »
     Liencourt, du côté du jardin. — L'hostel de M. le duc de
     Luynes.
     Trois pièces.

276 — L'Hostel de Nevers et les Galeries du Louvre. — L'Hos-   26 »
     tel de Nevers et la Galerie du Palais.
     Deux pièces, grandes marges.

277 — Vue de la Tour de l'Hostel du grand Prévost et de la   17 .. »
     Galerie du Louvre. — L'Hostel de Vendosme, 1652.
     Deux pièces, grandes marges.

278 — Vue de l'hostel Saint-Paul et de la façade des PP. Jé-   39 .. »
     suites de la rue Saint-Antoine. — Vue de l'hostel de Sois-
     sons. — L'hostel de Soissons du côté du jardin. — Vue
     de l'hostel de Sully, rue Saint-Antoine. — Vue de l'Oran-
     gerie de l'Hostel de Sully.
     Cinq pièces.

279 — Vue de l'Hostel de Ville de Paris. — Vue de l'Hostel de   31 .. »
     Ville et de la Place de Grève. — Vue de la Place de Grève
     et de l'Eglise Nostre-Dame.
     Trois pièces, marge.

SILVESTRE (Israel)

15 — **280** — Vue de l'Isle Nostre-Dame.—Autre vue de l'Isle Saint-Louis avec quatre vers au-dessous. — Vue de l'Isle Louviers et d'une partie de l'Isle Nostre-Dame.

Trois pièces.

3 — **281** — Vue du Jardin du Roy, au faubourg Saint-Victor. — Vue du Jardin des Simples.

Deux pièces, marge.

36 — **282** — Vue du Louvre par dedans le bastiment neuf. — Vue du Louvre du côté des Tuileries. — Vue et perspective du dedans du Louvre, fait du règne de Louis XIII.—Vue de la partie du Louvre où sont les appartements du Roy et de la Reyne.—Vue du Louvre et de la Porte de Nesle, du côté du fauxbourg Saint-Germain.

Cinq pièces.

27 — **283** — Les Galeries du Louvre.—Vue de la Galerie du Louvre et du Pont des Tuileries, comme il était en l'année 1657. — Vue de la Galerie du Louvre dans laquelle sont les portraits des Roys, des Reines et des plus illustres du royaume. — Vue de la Galerie du côté des offices.

Quatre pièces, grandes marges.

2 — **284** — Vue du Palais du Luxembourg du côté du Jardin. — Autre vue avec quatre vers au-dessous. — Vue du jardin du Palais d'Orléans et du Petit Luxembourg.

Trois pièces, marge.

20 — **285** — Vues du Palais d'Orléans, des Jardins et du Petit Luxembourg.

Huit pièces.

11 — **286** — Vue de la Maison de Monsieur de Bretonvilliers et de l'Ile Nostre-Dame. — Autre vue de la Maison de M. de Bretonvilliers. — Vue de la Maison appartenant à Mme de Bretonvilliers, du côté du jardin.

Trois pièces.

SILVESTRE (ISRAEL)

287 — Vue de la Maison de Monsieur Le Coignoux, président
au Parlement de Paris. — Vue d'une Maison du faubourg
Saint-Germain. — Maison de M. le premier Président du
Parlement de Paris.

    Trois pièces.

288 — Vue et perspective du Palais-Cardinal du costé du Jardin. — Vue du Fort-Royal fait en l'année 1650 dans le
jardin du Palais-Cardinal. — Vue de la Galerie du Palais-
Royal, par Silvestre et par Perelle.

    Quatre pièces.

289 — Vue de la Cour et de la Galerie Dauphine du Palais, à
Paris. — La statue de Henri IV et l'Isle du Palais.

    Deux pièces, grandes marges.

290 — Vue de la Place Royale. — Courses de Testes et de
Bague, faites par le Roy et par les Princes et Seigneurs
de sa Cour en l'année 1662, avec portrait de Louis XIV
et une vue de la Place Royale, in-fol.

    Deux pièces.

291 — Vue et perspective du Pont-Neuf et de la galerie du
Louvre. — Vue du Pont-Neuf et du Pont au Change.

    Deux pièces, grandes marges.

292 — Petite vue du Pont-Neuf à Paris. — Vue du Pont-Neuf
et de l'Isle du Palais. — Vue du Pont-Neuf et de l'Isle du
Palais, du côté du Petit-Bourbon, in-fol.

    Trois pièces.

293 — Vue du pont Saint-Landry, du côté de la porte Saint-
Bernard. — Le pont Saint-Michel et la rue Neufve-Sainct-
Louis.

    Deux pièces, marge.

294 — Vue des Porcherons, proche Paris.

    Petite pièce. Très rare.

SILVESTRE (ISRAEL)

12 -. 295 — Vue de la porte de la Conférence avec quatre vers au-
dessous. — Porte de la Tour-Neuve ou de la Conférence.
— Vue du cours de la Reyne-Mère.

Trois pièces, marge.

35-. 296 — Vue de la porte Saint-Bernard à Paris. — Vue de la
porte Saint-Bernard et du pont Marie. — Ancienne porte
Saint-Bernard, avec quatre vers au-dessous.

Trois pièces, marge.

6 -fs 297 — Vue de la porte Sainct-Denis par le dehors. — La Porte
Saint-Honoré, avec quatre vers au-dessous.

Deux pièces.

34- 298 — Vue du quai des Augustins et du pont Saint-Michel.
— Vue du quay de Gesvres et du pont Nostre-Dame. —
Vue de la Porte-Neuve et du quai d'Orsay au dix-sep-
tième siècle.

Trois pièces, grandes marges.

10- 299 — Vue de Rambouillet, proche la porte Saint-Antoine. —
Vue d'une partie du cours et de la Savonnerie, où est la
manufacture des tapis.

Deux pièces avec marge. Rares.

40- 300 — Vue de la tour de Nesle et de la galerie du Louvre. —
Vue de la tour de Nesle et du Louvre. — Vue et perspective de la tour de Nesle et de l'Hostel de Nevers.

Trois pièces, grandes marges.

20-. 301 — Vue du palais des Tuileries du côté de l'entrée. —
Vue du palais des Tuileries du côté du jardin, en deux
feuilles. — Vue du palais et des jardins des Tuileries,
grand in-fol.

Trois pièces.

SILVESTRE (Israel)

302 — Vue et perspective du gros pavillon des Tuileries et de la grande galerie du Louvre. — Vue du dôme du palais des Tuileries. — Vue des Tuileries et de la grande Es-curie.

Trois pièces.

303 — Palais de la reyne Cathcrine de Médicis, dit les Tuile-ries. — Vue du jardin et pont des Tuileries. — Vue du jardin des Tuileries et de la porte de la Conférence. — Vue du jardin de Monsieur Renard, aux Tuileries.

Quatre pièces, marge.

304 — **Vues de France.** — *Ain.* Vue d'Arbigny sur la Saône, près de Lion. — La ville de Trévoux, près de Lion.

Deux pièces.

305 — *Aisne.* Vue et perspective du château de Blérancourt. — Autre vue du château de Blérancourt. — Vue du château de la Ferté-Milon.

Trois pièces.

306 — *Allier.* Vue et perspective du château de Bourbon-l'Ar-chambault. — Vue du château et de l'étang de Bourbon-l'Archambault. — Autre vue du château de Bourbon-l'Archambault. — Château de Moulins en Bourbonnais. — Vue de la tour de Quiquangrongne, 1er état.

Cinq pièces, marge.

307 — Vue de la Sainte-Chapelle de Bourbon-l'Archambault. — Vue des bains de Bourbon-l'Archambault, par Pérelle, in-fol.

Deux pièces, grandes marges.

308 — *Ardennes.* Vue de la citadelle de Mont-Olympe à Char-leville. — Profil de la ville et forteresse de Marsal, grand in-fol. en deux feuilles, 1er état.

Deux pièces.

SILVESTRE (ISRAEL)

15—a 309 — *Aube*. Vue de l'église de l'abbaye de Clairvaux en Bourgogne.

Epreuve avec marge

4—a 310 — Vue du château de Lusigny en Brie du côté du jardin. — Vue du jardin de Lusigny. — Vue de la cascade de Lusigny. — Vue du carré d'eau de Lusigny. — Vue et perspective du château de Pont en Champagne, 1er état. — Vue et perspective du château de Pont, du côté des parterres, 1er état.

Six pièces, grandes marges.

2 fo 311 — Vue d'un moulin à fer, près Bar-sur-Seine. — Vue d'un moulin à blé, près Bar-sur-Seine, par Flamen.

Deux pièces.

4—a 312 — *Bouches-du-Rhône*. Profil de la ville de Marseille, par Pérelle, en deux feuilles réunies, in-fol.

Epreuve avec très peu de marge.

7—,313 — Vue au naturel de la Sainte-Baume, en Provence. — Vue de la tour et du port de Marseille, 1er état. — Vue de la porte Réale de Marseille, 1er état. — Pièces rondes : la tour du port de Marseille. — Vue de la citadelle et de Notre-Dame de la Garde. — Vue de la porte Royale. — Saint-Victor. — La Mayorre de Marseille.

Huit pièces.

10— 314 — *Côte-d'Or*. Vue au naturel de la cité d'Alize et du bourg de Sainte-Reine en Bourgogne. — Vue de la chapelle et du village Sainte-Reine, du diocèse de Langres. — Vue de la grande église de Flavigny et d'une partie du bourg. — Vue de la grande église de Flavigny, où sont les reliques de sainte Reyne. — Vue de la tour de Grignon, proche Sainte-Reyne.

Cinq pièces, marge.

SILVESTRE (ISRAEL)

315 — *Côte-d'Or.* Vue de Saint-Michel de Dijon. — Vue de
l'église de Saint-Michel à Dijon, 2ᵉ état. — Vue du
Palais de Justice de Dijon, 2ᵉ état. — Fontaine Saint-
Bernard, près Dijon, 1ᵉʳ état.

Quatre pièces.

316 — Vue de la ville de Montbard en Bourgogne. — Château
de Montbard. — Vue du château de Nuits. — Château
de Sémur.

Quatre pièces, dont deux à grandes marges.

317 — Vue de l'abbaye de Quincy, proche Tanlay. — Vue de
l'abbaye et de l'étang de Quincy. — Vue du dedans et le
bas de Quincy en Champagne.

Trois pièces, grandes marges.

318 — *Eure.* Vue du château de Gaillon, en Normandie. — Vue
du château de Gaillon, du côté du parc. — Vue du jardin
d'en haut de Gaillon.— La chapelle de Gaillon.— Autre
vue du château de Gaillon.

Cinq pièces, marge.

319 — Vue du château de Pacy en Champagne. — Autre vue
du château de Pacy.

Deux pièces.

320 — *Gard.* Partie du Pont-Saint-Esprit. — *Hérault.* Vue de
l'église Saint-Pierre de Montpellier.

Deux pièces.

321 — *Indre-et-Loire.* Vue et perspective du château de Cha-
vigny en Touraine. — La ville de Richelieu en Poitou. —
Le château de Richelieu, représenté en face. — Face du
grand corps de logis du château de Richelieu. — Château
de Richelieu, du côté qui regarde sur le parc.

Cinq pièces, marge.

SILVESTRE (ISRAEL)

322 — *Isère*. Petite vue de la grande Chartreuse, en hauteur. — Autre vue de la grande Chartreuse. — Vue de la grande Chartreuse, près Grenoble, gravée par Perelle, in-fol. — La tour de Clermont en Dauphiné. — Cascade proche Saint-Joyre, en hauteur.

Cinq pièces, dont trois à grandes marges.

323 — Vue et perspective d'une partie de la ville de Grenoble, du côté de la porte de France. — Vue et perspective du pont de Grenoble et d'une partie de la maison de M. le duc de Lesdiguières. — Vue en entrant dans la ville de Grenoble. — Palais de Mme la connétable de Lesdiguières, à Grenoble. — Vue de la porte de France à Grenoble, gravée par Pérelle, 1er état. — Vue du pont de Grenoble, 1er état. — Porte de Grenoble, en hauteur. — Vue du pont et partie de la ville de Grenoble, 1er état.

Huit pièces, la plupart avec de grandes marges.

324 — *Loire*. Roche-Taillée sur la Saône, proche Lyon. — *Loir-et-Cher*. Face du château de Bury-Rostaing, du côté de Blois. — Vue et perspective de l'entrée du château de Bury en Blaisois. — Vue et perspective du château du Verger en Anjou.

Quatre pièces.

325 — *Loiret*. Vue de la Tour neufve d'Orléans.

Epreuve du 1er état.

326 — *Loir-et-Cher*. Vue du château de Chambord du côté de l'entrée. — Vue du château de Chambord du côté du parc, en deux feuilles, grand in-fol.

Deux pièces.

327 — *Marne*. Vue de l'église Saint-Pierre de Reims, 1er état. Rare. — Vue de la porte de Mars à Reims.

Deux pièces.

SILVESTRE (Israel)

328 — *Marne.* Vue du château d'Irrois en Champagne. — — — Autre vue du château de Irrois. — Église de Venteuil, proche la Roche-Guyon, 1er état.

Trois pièces.

329 — *Meurthe.* Profil de la ville de Nancy, frontispice. — — Vue d'une partie de l'église Saint-Nicolas en Lorraine, 1er état. — Vue et perspective de l'église Saint-Nicolas de Lorraine. — Vue et perspective du marais où Charles, duc de Bourgogne, fut tué. — Vue et perspective de la chapelle des Bourguignons, maintenant Notre-Dame de Bon-Secours. — Vue et perspective de la porte Saint-Georges de Nancy. — Vue de la porte Saint-Georges, par dedans. — Vue et perspective de la porte Saint-Jean, par dehors. — Vue de la porte Saint-Louis. — Vue de la porte Saint-Nicolas. — Vue de la porte Notre-Dame de Nancy appelée à présent porte de la Citadelle. — Vue et perspective des églises des Capucins et des Pères Jésuites de Nancy. — Vue en partie du palais de Nancy, ronde, 1er état.

Ensemble treize pièces, grandes marges.

330 — Vue de Notre-Dame de Bourgogne, près Nancy. — — Vue et perspective du village de Montet, proche de Nancy. — Vue du château de Flèville, proche Nancy, appartenant à M. de Beauveau. — Vue de Marzeville, proche Nancy, 2e état. — Autre vue du village de Flèville. — Vue du paysage de Tombelaine, proche Nancy, 1er état. — Vue d'une porte de Rozière où se fait le sel, 1er état. — Vue du village de Bainville. — Vue du Crosne et du pont de Marzeville, proche Nancy, ronde, 1er état. — Village de Lorraine, 2e état.

Dix pièces.

SILVESTRE (Israel)

13 - „ 331 — *Meuse.* Château de Jametz. — La même vue sans inscription. — Citadelle de Marville. — Vue de Montmédy. — Autre vue de Montmédy. — Citadelle de Stenay. — *Moselle.* Citadelle de Metz.

Sept pièces.

2 - f₀ 332 — *Nièvre.* Vue et perspective du château de Brèves en Nivernais, proche de Clamecy.

Epreuve avec marge.

8 . „ 333 — *Oise.* Vues du château de Chantilly, du côté de l'étang. — Vue du canal de Chantilly, du côté du Jeu de Paulme. — Deux petites vues du château de Chantilly, en hauteur.

Quatre pièces, marge.

5 - , 334 — Vue et perspective du château de Chilly. — Vue d'une porte de la ville de Clermont en Picardie. — Château de Coffry. — Perspective de l'allée qui va au château de Coffry. — Vue du château de Verderone.

Cinq pièces.

4 - f₀ 335 — Différentes vues du château et des jardins, fontaines, cascades, canaux et parterres de Liencourt, dessiné au naturel et gravé par Israël Silvestre, 1656.

Suite de dix pièces et un frontispice, marge.

3 - f₀ 336 — Vues du château et des jardins de Liencourt. — Vue de l'église du village de Moineville, proche Liencourt.

Onze pièce de moyenne grandeur.

2 - f₀ 337 — Diverses petites vues de Liencourt, dessinées et gravées par Israël Silvestre, 1655.

Neuf pièces en hauteur.

6 - „ 338 — Vue du château de Marlou, appartenant à Mᵐᵉ de Châtillon. — Vue d'une partie du château de Marlou. — Vue de l'entrée du château de Marlou.

Trois pièces, grandes marges.

SILVESTRE (ISRAEL)

339 — *Oise*. Vue et perspective du château de Verneuil, à
douze lieues de Paris. — Vue de l'entrée du château
de Verneuil. — Vue du château de Verneuil, du côté
des parterres.

Trois pièces.

340 — *Rhône*. Perspective de la ville de Lyon, représentée en
six planches en des aspects différents, mise au jour par
Robert Pigout, in-fol.

Suite complète de six vues et un frontispice du 1ᵉʳ état, marges.

341 — Profil de la ville de Lyon, en deux feuilles, grand in-fol.

Epreuve du 1ᵉʳ état avant l'adresse de Mariette. Rare.

342 — Vue de la ville de Lyon. — Château de Pierre-en-Size
de Lyon. — Vue du château Gaillard. — Vue de Notre-
Dame de l'Isle proche·de la ville de Lyon. — Vue de la
maison de Vimy, appartenant à M. l'Archevêque de Lyon.
— Autre vue de la maison de Vimy.

Six pièces, de moyenne grandeur, grandes marges.

343 — Vue de l'église Saint-Jean et du pont de la Saône à Lyon.
— Vue de l'Arsenal et de la chaîne qui ferme la rivière
de Saône. — Vue du Palais et du Port royal de Lyon. —
Vue et perspective de la Maison de ville de Lyon, du côté
du jardin. — Vue de la ville de Lyon sous Notre-Dame
de Fourvière. — Vue de l'église des Cordeliers. — Vue
du Bastion Saint-Jean de Pierre-en-Size.

Sept pièces.

344 — Église de Saint-Jean de Lion. — Vue du Pont du
Rhosne à Lion. — Porte d'Halincourt, de la ville de Lion.
— La Porte Neufve. — Vue d'un coin du pont du Rhône.
— Vue d'une partie de la ville de Lyon et de la rivière
de Saône. — Vue du bastion de Saint-Jean, 1ᵉʳ état. —
Vue de Pierre-en-Size à Lyon.

Huit pièces.

SILVESTRE (ISRAEL)

10-u **345** — *Rhône.* Diverses vues de Lyon, dessinées et gravées par Israël Silvestre, 1652, in-8° carré.

Onze pièces, la plupart à grandes marges.

5-fo **346** — *Saône-et-Loire.* Partie de la ville de Mascon. — Vue de la ville de Tournus, sur la rivière de Saône.

Deux pièces, grandes marges.

2-u **347** — *Savoie.* Vue de la ville et citadelle de Montmélian.

Epreuve à toutes marges.

11-r **348** — *Seine.* Vue d'Arcueil, proche Paris. — Vue perspective de l'aqueduc d'Arcueil. — Deux vues du vieux chasteau de Bissètre, par Goirand, in-fol.

Quatre pièces.

19-349 — Vue de Berny à deux lieues de Paris. — Vue et perspective de la Maison de Berny du costé de l'Entrée. — Vue et perspective du Pont et du Temple de Charenton. — Vue et perspective du Village et du Pont de Charenton. — Vue et perspective du château de Madrid, basti par François Ier. — Vue et façade du chasteau de Madrid. — Vue et perspective du chasteau de Saint-Maur. — Vue de la maison de Saint-Ouen, in-fol.

Huit pièces.

5-fo **350** — Vue et perspective de l'Église Nostre-Dame de Boulogne. — Vue de l'abbaye royale des Religieuses de Longchamps, à une lieue de Paris.

Deux pièces, marge.

43-351 — Vue du chasteau de Chaillot, proche de Paris. — Vue du village de Passy. — Vue de l'église d'Auteuil, à une lieue de Paris.

Trois pièces, grandes marges.

5-u **352** — Vue de l'Église de Clichy-la-Garenne, à une lieue de Paris.

Deux pièces, dont une du 1er état.

SILVESTRE (ISRAEL)

353 — *Seine*. Profil de la ville de Saint-Denis, in-fol. — Vue
d'une des Portes de la ville Saint-Denis, du côté de Paris.
— Vue de la sépulture des Valois à Saint-Denis. — Petite
vue du sépulcre des Valois.

    Quatre pièces.

354 — Nostre-Dame des Vertus, proche de Paris. — Vue et
perspective du chasteau d'Avron, appartenant à M. de
Bretonvilliers. — Château de Noisy-le-Sec, à quatre lieues
de Paris.

    Trois pièces.

355 — Vue de Vincennes, in-8°. Très-rare. — Vue et perspective du chasteau de Vincennes. — Autre vue du château
de Vincennes. — Plan général du chasteau et petit parc
de Vincennes, in-fol. 1er état.

    Quatre pièces.

356 — *Seine-Inférieure*. Vue de l'Église Nostre-Dame de
Rouen, du côté du Pont. — Place de Rouen où les Anglais
ont fait mourir la Pucelle d'Orléans. — Vue de la Porte
du grand Pont à Rouen. — Vue du Pont de pierre de
Rouen. — Autre vue du Pont de pierre de Rouen et du
Mont Sainte-Catherine.

    Cinq pièces.

357 — Vue de la porte du Bac, à Rouen. — Vue du vieux
chasteau de Rouen. — Vue du chasteau de Valery, 1er
état.

    Trois pièces, grandes marges.

358 — *Seine-et-Marne*. Vue et perspective du château de Coulommiers en Brie. — Vue du château de Coulommiers
du côté du jardin. — Vue du château de Fresnes, à huit
lieues de Paris. — Vue du château de Fresnes, du costé
des jardins.

    Quatre pièces, marges.

SILVESTRE (Israel)

5 - 50 359 — *Seine-et-Marne*. Vue du château de Fontainebleau, du
côté du jardin, en deux feuilles. — Vue du château
de Fontainebleau, du côté du grand canal.—Vue et perspective du château de Fontaine-Belleau, grand in-fol.
Trois pièces.

16 - 360 — Diverses vues et perspectives des Fontaines et Jardins
de Fontainebleau.
Douze pièces, dont deux en 1er état.

26 - 361 — Vues du château et des jardins de Fontainebleau.
Dix pièces, de moyenne grandeur.

8 - 362 — Vue de Notre-Dame de Melun. — Maison Rouge sur la
rivière de Seine. — La ville de Moret près de Fontainebleau.
Trois pièces.

1,50 363 — *Seine-et-Oise*. Vue du château de Bourbon Lancy, in-
fol. — Vue du château de Chanteloup, entre Linas et
Chartres. — Autre vue du château de Chanteloup. —
Vue et perspective de la maison de Chantemesle. — Vue
du pont et du vieux château de Corbeil. — Vue du château de Courance en Gastinois, 1er état. — Autre vue du
château de Courance.
Sept pièces.

8 - 364 — Vue de Croissy Saint-Martin. — Vue du prieuré et du
village de Croissy, près de Saint-Germain-en-Laye. —
Vue et perspective du chasteau d'Ecouen.—Vue du chasteau d'Ecouen et d'une partie du Bourg. — Vue et perspective du château de Frémont. — Vue de la cascade
de Frémont.
Six pièces, marge.

25 - 365 — Vue de l'Entrée du chasteau de Grosbois. — Château
de Grosbois, du coté du jardin. — Vue d'une partie du
jardin de Grosbois. — Vue de l'abbaye royale de Joyan-
val, proche Saint-Germain-en-Laye. — Vue et perspective du chasteau de Maisons.
Cinq pièces.

SILVESTRE (Israel)

366 — *Seine-et-Oise*. La grande église de Mantes. — Vue de
l'église Saint-André à Pontoise. — Vue de la maison
du doyenné de Pontoise.

> Trois pièces.

367 — Vue et perspective du chasteau de Meudon. — Vue de la
grotte de Meudon. — Autre vue de la grotte du chasteau
de Meudon. — Vue du château de Meudon, avec quatre
vers au dessous. — Vues du château de Meudon du côté
de l'entrée et du côté du jardin, grand in-fol.

> Six pièces.

368 — Vue du fort de Meulan sur la rivière de Seyne. — Vue
de la maison de M. Le Brun à Montmorency, in-fol. —
Vue et perspective de la face du château du Raincy. —
Vue du château du Raincy du costé des offices. — Vue
du coté du parterre.

> Cinq pièces.

369 — Profil de la ville de Poissy, in-fol. — Vue d'une Église
de Poissy.

> Deux pièces.

370 — Vue du château de la Rocheguyon en Normandie. —
Vue des petites cascades de Vaux, 1er état. — Vue du
chasteau de Villeroy. — Autre vue du chasteau de Villeroy.

> Quatre pièces, grandes marges.

371 — Vue de côté de l'église de Rueil. — L'entrée de l'église
de Rueil. — Vues du château et des jardins de Rueil.

> Vingt pièces.

372 — Vue de la maison de Saint-Cloud, appartenant à Monsieur, frère unique du Roy, en deux feuilles. — Vue de
la maison de Saint-Cloud, grand in-fol.

> Deux pièces.

SILVESTRE (ISRAEL)

26 — „373 — *Seine-et-Oise.* Vues du château et du parc de Saint-Cloud.

Onze pièce, marge.

11 — „374 — Vue du château de Saint-Germain-en-Laye. — Autre vue du vieux château de Saint-Germain-en-Laye. — Vue de la chapelle du château. — Vue de l'église de Saint-Germain-en-Laye.

Quatre pièces, les deux premières à toutes marges.

5 — „375 — Vue du château neuf de Saint-Germain-en-Laye, grand in-fol.

Epreuve avec marge.

16 — „ 376 — Vue d'une partie du château neuf de Saint-Germain-en-Laye. — Vue de Saint-Germain-en-Laye. — Vue de l'entrée du vieux château. — Vue des châteaux de Saint-Germain-en-Laye. — Vue du château neuf, avec quatre vers. — Vue de la Muette de Saint-Germain-en-Laye.

Six pièces.

15 — „ 377 — Vue du château neuf de Saint-Germain-en-Laye, côté de la Seine. — La même vue gravée par le Dauphin, fils de Louis XIV, en 1677, sous la direction d'Israël Silvestre. Très rare.

Deux pièces.

2 - ƒ„378 — Les Plaisirs de l'Isle enchantée ou les Festes et divertissements du Roy à Versailles, en l'année 1664. In-fol.

Epreuve avec très peu de marge.

4 - ƒₒ 379 — Vue du chasteau de Versailles (l'ancien) où le Roy se va souvent divertir à la chasse. — Vue de la Pompe de Versailles. — Chasteau royal de Versailles, vu du milieu de la grande avenue, grand in-fol.

Trois pièces.

SILVESTRE (ISRAEL)

380 — *Vaucluse*. Vue et perspective d'une partie des ville et chasteau d'Avignon, 1er état. — Partie du pont d'Avignon. — Vue du château et de la ville d'Avignon. — Vue de la tour de Villeneuve et du pont d'Avignon. — Vue de l'Arc d'Orange et d'une partie du château et de la ville.

Cinq pièces.

381 — *Yonne*. Vue et perspective du chasteau d'Ancy-le-Franc, in-fol. — Vue du village d'Ancy-le-Franc. — Vue du château d'Ancy-le-Franc, du côté du parterre. — Vue du château d'Ancy-le-Franc, du côté du jeu de longue paume. — Vue et perspective d'Ancy-le-Franc, dans le duché de Bourgogne. — Vue de l'entrée du château d'Ancy-le-Franc.

Six pièces.

382 — Vue de la ville de Joigny en Champagne. — Vue du château de Lésigné proche Tonnerre. — Vue et perspective du château de Moné. — Vue de la ville de Saint-Florentin en Bourgogne. — Vue d'une partie de l'église Saint-Etienne de Sens.

Cinq pièces.

383 — Vues du château de Tanlay et des environs.

Quinze pièces.

384 — Vue et perspective de la ville et comté de Tonnerre en Champagne. — Vue de l'église des Minimes. — Vue de l'église Nostre-Dame de Tonnerre. — Vue de l'abbaye Saint-Michel. — Vue de l'abbaye Saint-Martin, proche Tonnerre. — Vue de l'église Notre-Dame de Tonnerre et d'une partie de la ville. — Autre vue de l'abbaye Saint-Martin. — Vue de l'église Saint-Pierre.

Huit pièces du 1er état, grandes marges.

TAIÉE (A.)

385 — Paris en train, in-fol.

Trente-trois pièces, dont plusieurs avant la lettre.

TAIÉE (A.)

20 — 386 — Paris et ses environs.
Trente-cinq pièces.

TRIMOLET

25 — 387 — Vues de Paris, in-fol.
Trente-sept pièces avant et avec la lettre.

TROLL ET SCHWARZ

10 — 388 — Vues du Palais-Royal et des Tuileries, in-4.
Seize pièces.

TURPIN DE CRISSÉ

6 — 389 — Souvenirs du vieux Paris, dédiés à S. A. R. Mgr le duc de Bordeaux, in-fol.
Suite de trente pièces, très belles épreuves sur chine ; avec la couverture.

VAN DER MEULEN

14 — 390 — Marche du Roi accompagné de ses gardes passant sur le Pont-Neuf et allant au Palais, par Huchtenberg, en trois feuilles grand in-fol.
Très belle épreuve ancienne.

VERNET (Carle)

25 — 391 — Cris de Paris, suite de cent pièces lithographiées, in-4.
Très belles épreuves, toutes marges (manque les nᵒˢ 83 et 98 et huit pièces sont rognées).

ZIARNKO

42 — 392 — Le Carrousel de la place Royale.
Très belle épreuve. Rarissime.

ZÉEMAN

30 — 393 — Vues de Paris.
Suite de huit pièces, très belles épreuves.

VUES ET GRAVURES DIVERSES

394 — Arc de Triomphe élevé au bout du pont Notre-Dame
en 1660. — Arc de Triomphe du carrefour de la Fontaine
Saint-Germain, par Le Pautre. — Arc de Triomphe à la
gloire de Louis le Grand, du dessin de Charles Le Brun,
premier peintre du roi. — Fêtes triomphales que Paris
fit à Alexandre Farnèse, par R. de Hooghe. — Porte
Dauphine du côté du Pont-Neuf.

Cinq pièces.

395 — Représentation du magnifique dessin du feu de joye
faict devant la Maison de Ville de Paris, tiré en présence
de leurs Majestés le 5 septembre, jour de la naissance du
roy Louis XIV. — Feu d'artifice, tiré le 29 août 1739, à
l'occasion du mariage de Madame de France avec l'in-
fant don Philippe. — Feu d'artifice sur la Seine, le
29 août 1739. — Illuminations de la rue de la Ferronnerie,
le 8 septembre 1745, à l'occasion du retour de Sa Majesté
de la glorieuse campagne de Flandre. — Illuminations
de la rue de la Ferronnerie, à l'occasion de l'heureuse
convalescence de Sa Majesté, en 1745.

Cinq pièces.

396 — Mausolée fait pour le service de la Reine dans l'église
de Saint-Germain des Prez, le 15 septembre 1683. —
Décoration funèbre faite dans la nef de l'église Saint-
Gervais pour le service de Messire Louis Boucherat,
célébré le 11 décembre 1699. — Les Pompes funèbres de
Louis, dauphin de France, et de Marie-Adélaïde de Savoie,
son épouse, faites à Saint-Denis, le 23 février 1712. —
Mausolée de M. et de Mme la Dauphine, représenté à Paris,
le 18 avril 1712. — La Chambre du trépas de Louis XIV,
décédé à Versailles le 1er septembre 1715. — Représentation de l'endroit où a été déposé le corps de Louis XIV,
dans l'église de Saint-Denis, le 9 septembre 1715. —
Marche du convoi du corps de Louis XIV, conduit du
château de Versailles à Saint-Denis en France, le
9 septembre 1715. — Procession des reliques de Sainte-
Geneviève, sortant de l'église Notre-Dame.

Huit pièces.

VUES ET GRAVURES DIVERSES

397 — Tenue des Etats généraux du royaume sous le roi Louis XIII. — Lit de Justice tenu par le roy en la Grand-Chambre du Parlement de Paris en 1654. — Lit de Justice tenu par le roi Louis XV, le 12 septembre 1715. — Médailles de Louis XV. — Ordre de la séance du Lit de Justice tenu par le roy Louis XV à sa majorité, le 22 février 1723. — Séance extraordinaire tenue par Louis XVI au Palais, le 19 novembre 1787.

Sept pièces.

398 — Grandes vues anciennnes de la place des Victoires. — L'Arc de Triomphe de l'Etoile. — L'Abbaye de Panthémont. — Eglise de Sainte-Geneviève. — Tombeau de Richelieu à la Sorbonne. — Château de Vincennes.

Seize pièces.

399 — Vues d'optique : Vue des jardins du Ranelagh. — Le grand Caffé d'Alexandre sur les boulevards de Paris. — Le Jardin des Marchands. — Vue de la Grande Allée du jardin du Vauxhall. — Vue du Pont au Change, etc.

Huit pièces coloriées.

400 — Vues du cloître de Port-Royal des Champs et Portraits.

Trente et une pièces.

401 — Diverses vues de la galerie et du jardin du Palais-Royal.

Seize pièces en noir et coloriées.

402 — Faits historiques et Portraits.

Vingt-six pièces.

403 — Armes de la ville de Paris, adresses, enseignes, frontispices, etc.

Soixante-cinq pièces.

404 — Assignats et Tableaux des assignats.

Treize pièces, dont trois coloriées.

405 — Différents types populaires.

Soixante-quator pièces.

VUES ET GRAVURES DIVERSES

406 -- Fontaines de Paris.

Cent trente-quatre pièces.

407 — Magasins remarquables. — Ateliers d'artistes.

Cent dix-sept pièces.

408 — Vues et documents sur les différents Théâtres de Paris.

Environ deux cents pièces.

409 — Reproductions de gravures historiques du dix-huitième siècle, in-4.

Seize pièces, dont huit en couleur.

410 — Architecture religieuse, monuments funèbres, décorations de la Renaissance, portes monumentales, etc.

Vingt-trois pièces imprimées en couleur.

411 — Costumes tirés des *Français peints par eux-mêmes*, in-8.

Quatre cent trente-huit pièces.

412 — Petites vues de Paris anciennes.

Treize pièces.

413 — Anciennes vues de Paris et de France, par J. Marot, Perelle, Callot, Bertault, etc.

Soixante-quatre pièces.

414 — Plans anciens du Palais et des Jardins de Versailles, de Saint-Cyr, de Saint-Germain-en-Laye, Saint-Cloud, Saint-Denis, Enghein, Marly, Trianon, Vincennes, le Bois de Boulogne, etc.

Vingt-cinq pièces.

415 — Vues de Paris et de France, tirées du *Traité de Géométrie*, de Manesson Mallet, 1702, in-8.

Cent cinquante-trois pièces.

VUES ET GRAVURES DIVERSES

416 — Vues de Paris et de France, tirées du *Voyage de De la Borde*, in-fol.

Cent trente pièces.

417 — Vues générales de Paris, la plupart modernes.
Cinquante pièces.

418 — Vues de Paris et des environs gravées à l'eau-forte.
Soixante-dix-sept pièces, dont plusieurs avant la lettre.

419 — Plans de Paris depuis son origine, et plans de différents quartiers.

Cinquante-deux pièces.

420 — Plans de Paris par quartiers et par arrondissements.
Cent deux pièces.

421 — Catalogues des Œuvres de Claude Chastillon et d'Israël Silvestre, tirées du *Bulletin des Beaux-Arts*, in-8.
Deux fascicules en feuilles.

422 — Vues de Paris anciennes et modernes, gravées, lithographiées et gravures sur bois.
Environ mille cinq cents pièces.

423 — Vues de France.
Environ trois cents pièces.

424 — Les Portefeuilles de la collection.

Imp. D. Dumoulin et Cie, à Paris.